THE PERFECT PIÑATA
LA PIÑATA PERFECTA

WRITTEN BY * ESCRITO POR

Kelli Kyle Dominguez

ILLUSTRATED BY * PINTURAS DE

Diane Paterson

SPANISH TRANSLATION BY * TRADUCIDO AL ESPAÑOL POR

Teresa Mlawer

ALBERT WHITMAN & COMPANY, MORTON GROVE, ILLINOIS

Library of Congress Cataloging-in-Publication Data

Dominguez, Kelli Kyle.
The perfect piñata = La piñata perfecta / by Kelli Kyle Dominguez ;
illustrated by Diane Paterson ; translated by Teresa Mlawer.
p. cm.
Summary: Marisa picks out a butterfly piñata for her birthday party,
but by the day of the party, she decides it is too beautiful to break.
English and Spanish.
ISBN 0-8075-6495-8 (hardcover)
[1. Piñatas—Fiction. 2. Birthdays—Fiction. 3. Parties—Fiction.
4. Hispanic Americans—Fiction. 5. Spanish language materials—Bilingual.]
I. Title: Piñata perfecta. II. Paterson, Diane, 1946-   ill. III. Mlawer, Teresa. IV. Title.
PZ7.D71118 Pe 2002   [E]—dc21   2001005106

The design is by Scott Piehl.

For more information about Albert Whitman & Company,
visit our web site at www.albertwhitman.com.

✳

To Kailey, Marissa, and Christian, for allowing me to relive the magical years through
them, and to all my students at Brown, Casis, and Summitt Elementary Schools
in Austin, Texas, and Jones Elementary in Corpus Christi, Texas. — K. K. D.

✳

A Kailey, Marissa y Christian, por permitirme revivir, a través de ellos,
esos años mágicos, y a todos mis estudiantes de las escuelas primarias de Brown,
Casis y Summitt, en Austin, Texas y a mis estudiantes de la escuela primaria Jones
en Corpus Christi, Texas. — K. K. D.

✳

For Zia, who had yellow beads
and bright purple wings. — D. P.

✳

A Zia, que tenía un collar de cuentas amarillas
y brillantes alas moradas. — D. P.

✳   Today was the day! Marisa's mother was taking her to the party store to pick out a piñata for her birthday party. Marisa's sixth birthday was just one week away!

Marisa was very excited because she was going to have games, a chocolate cake with pink flowers, and, best of all, a piñata.

✳   ¡Por fin había llegado el día! Hoy, su mamá llevaría a Marisa a la tienda para escoger la piñata de su fiesta de cumpleaños. ¡Solamente faltaba una semana para que cumpliera seis años!

Marisa estaba muy contenta porque tendría una fiesta con juegos, pastel de chocolate con flores rosadas y, lo mejor de todo, una piñata.

✳   The party store was full of brightly colored piñatas in all
shapes and sizes. But Marisa saw the butterfly piñata right away.
She knew it was the one she wanted.

"It's perfect for my party!" she exclaimed.

✳   La tienda estaba llena de piñatas de brillantes colores,
de todas las formas y de todos los tamaños. Pero cuando Marisa
vio la que tenía forma de mariposa, supo enseguida que ésa era
la piñata que quería.

   —¡Es perfecta para mi fiesta! —dijo.

✳ The butterfly was every color of the rainbow, with a smiling face. Its wings were magnificent. They could even flutter like a real butterfly's wings when you moved the piñata just right.

Mama wanted to show her the donkey wearing a sombrero. But Marisa had her heart set on the butterfly.

* La mariposa tenía todos los colores del arco iris y una cara sonriente. Sus alas eran magníficas. Si las movías con cuidado, se agitaban como si fueran las alas de una mariposa de verdad.

Mamá le mostró el burrito con sombrero, pero Marisa ya se había enamorado de la mariposa.

✳   All the way home, Marisa kept peeking in the bag at her beautiful butterfly. And her butterfly peeked out and smiled as if to say, "Hello, friend! *¡Hola, amiga!*"

✳   De camino a casa, Marisa no dejó de mirar la bolsa donde llevaba su bella mariposa. Y la mariposa, a su vez, la miraba y sonreía como si quisiera decir "¡Hola, amiga! *Hello, friend!*"

✳ Mama put the piñata in a closet, but Marisa begged to keep it on her dresser. She promised to keep it looking nice for the birthday party.

✳ Mamá guardó la piñata en el armario, pero Marisa le rogó que se la dejara en la cómoda. Le prometió cuidarla para que nada le sucediera hasta el día de la fiesta.

*   That week, the butterfly was a guest at Marisa's tea party...

*   Durante esa semana, Marisa dio un té y la mariposa fue una de las invitadas...

*   and a patient who needed a doctor.

*   y una paciente que necesitaba de una doctora.

✳ It traveled with Marisa to the playground and to her grandparents' house.

✳ Se la llevó al parque, y a casa de los abuelos.

✳ It kept her company while she bathed...

✳ La acompañaba cuando se duchaba...

✳ and watched over her at night while she slept.

✳ y vigilaba su sueño mientras dormía.

✳   On the morning of the party, Mama filled the piñata with candy and toys and set it next to the cake.

Marisa's friends arrived, along with her grandparents and other relatives. "Happy birthday! *¡Feliz cumpleaños!*" everyone shouted. Then they saw the piñata. "How marvelous! What a perfect piñata!"

* La mañana de la fiesta, mamá llenó la piñata con caramelos y juguetes y la colocó junto al pastel.

Los amigos de Marisa llegaron junto con los abuelos y otros familiares.

–¡Feliz cumpleaños! *Happy birthday!* –gritaron todos. Entonces vieron la piñata: ¡Qué bonita! ¡Qué piñata tan perfecta!

✳   Soon the smell of food filled the air. There were tamales, rice, beans, and crispy buñuelos.

Everyone played *lotería* and hide-and-go-seek.

✳   Pronto el aire se llenó con el olor de la comida. Había tamales, arroz, frijoles y buñuelos crujientes.

Todo el mundo jugó a la lotería y al escondite.

✳   After the games, Papi attached a rope to the piñata and hung it in a tree. Since Marisa was the birthday girl, she was first in line to hit it. The butterfly stared down at Marisa with its happy eyes, and its wings fluttered a little.

"Hit it, Marisa! Hit the piñata!" the other children shouted.

✳   Después de los juegos, papi ató una cuerda a la piñata y la colgó de un árbol. Como Marisa era la festejada, le tocaba darle primero. La mariposa miró fijamente a Marisa con sus alegres ojos y sus alas se agitaron un poco.

—¡Dale Marisa! ¡Dale a la piñata! —gritaron los otros niños.

✳ Tears filled Marisa's eyes. "I can't do it!" she cried. She threw down the stick and ran into the house, sobbing. She thought of her butterfly hanging in the tree, and her heart swelled with love. How could she ever hit it?

✳   A Marisa se le llenaron los ojos de lágrimas.

—¡No puedo hacerlo! —gritó. Dejó caer el palo y corrió a la casa llorando. Pensó en la mariposa colgada en el árbol y su corazón se llenó de amor. ¿Cómo podría golpearla?

✳   After a few minutes Mama came in. She put the butterfly on the dresser. "Come outside, *mi hija*," she said. "I have a surprise for you."

What Marisa saw made her smile.

✳   Pasaron unos minutos y mamá entró. Colocó la mariposa en la cómoda.

–Ven afuera, mi hija –le dijo–. Tengo una sorpresa para ti.

Lo que Marisa vio la hizo sonreír.

✳	Her parents had filled a garbage bag with candy and toys and tied the top to make it look like a large head with a ponytail. On one side was painted a big happy face, and on the other side was written, "Hit me, please!"

✳	Sus papás habían llenado una bolsa de plástico con caramelos y juguetes y habían amarrado la parte de arriba para que pareciera una cara con cola de caballo. En un lado tenía pintada una cara grande y sonriente y en el otro lado ponía: ¡Dame, por favor!

✳   Marisa happily took her three swings and passed the stick to the next person in line.

* Marisa, contenta, intentó darle tres veces y le pasó el palo a la siguiente persona en la línea.

✱   Everyone took turns until the bag finally exploded and
candy rained all over. As the children picked up every piece,
Marisa went inside and gave her dear butterfly a gentle hug.
Then she looked out the window at the torn trash bag, its
face now all droopy.

* Todos se turnaron hasta que finalmente la piñata reventó
y llovieron caramelos por todas partes. Mientras los niños
los recogían, Marisa entró y le dio un pequeño abrazo
a su querida mariposa. Miró por la ventana y vio la bolsa
de plástico rota, que ahora parecía triste.

＊ She thought, "I am a very lucky girl. I had not one, but two piñatas for my party. And both of them were perfect, after all."

＊ "Soy una niña muy afortunada. He tenido no sólo una, sino dos piñatas para mi fiesta. Y las dos eran perfectas" –pensó Marisa.